AF462604

2 Juillet 1891.

IMPORTANTE COLLECTION

TABLEAUX ANCIENS

Objets d'Art

TAPISSERIES

IMPORTANTE COLLECTION

TABLEAUX ANCIENS

Objets d'Art

TAPISSERIES

PARIS. — IMPRIMERIE DE L'ART
E. MÉNARD ET Cie, 41, RUE DE LA VICTOIRE

CATALOGUE

DES

TABLEAUX DES ÉCOLES PRIMITIVES

Italiennes et autres

OBJETS D'ART ET D'AMEUBLEMENT

Très belle paire de Candélabres Louis XV avec carlins en vieux Saxe

TERRES CUITES DE CLODION ET AUTRES

Quatre grandes Potiches en vieux Chine

TRIPTYQUE BRODÉ DU XVIe SIÈCLE

TAPISSERIES DES GOBELINS ET DES FLANDRES

Provenant d'une célèbre Collection d'Italie

ET DONT LA VENTE AURA LIEU, A PARIS

GALERIE GEORGES PETIT

8, rue de Sèze, 8

Les Jeudi 2 et Vendredi 3 Juillet 1891

A DEUX HEURES

COMMISSAIRE-PRISEUR

Me PAUL CHEVALLIER

10, rue de la Grange-Batelière, 10

EXPERTS

Pour les Tableaux :	*Pour les Objets d'Art :*
M. EUGÈNE FERAL	**M. CHARLES MANNHEIM**
54, rue du Faubourg-Montmartre, 54	7, rue Saint-Georges, 7

EXPOSITIONS

PARTICULIÈRE : *Le Mardi 30 Juin 1891, de 1 heure à 6 heures*

PUBLIQUE : *Le Mercredi 1er Juillet 1891, de 1 heure à 6 heures*

CONDITIONS DE LA VENTE

La vente sera faite expressément au comptant.

Les Acquéreurs paieront, en sus des adjudications, CINQ POUR CENT, applicables aux frais.

L'Exposition mettant le public à même de se rendre compte de l'état des objets, il ne sera admis aucune réclamation une fois l'adjudication prononcée.

TABLEAUX

ÉCOLE BYZANTINE

1 — **Un Évangéliste; un saint moine; le Christ entre la Vierge et sainte Nathalie.**

Trois petits panneaux dans le même cadre.
Fond d'or.

Bois. Haut., 10 cent. et 6 cent., larg., 6 cent. et 5 cent.

2 — **La Déposition de croix.**

Le Christ de gloire.

Sur ce panneau peint sur ses deux faces, on voit d'un côté, le Christ mort entouré des saintes femmes et des apôtres; de l'autre, le Christ à mi-corps, bénissant à la grecque, entre la Vierge et une sainte martyre.
Fond d'or.

Bois. Haut., 42 cent.; larg., 1 m. 5 cent.

ÉCOLES ITALIENNES

ÉCOLE DE PISE

XIIIe SIÈCLE

3 — **Une Sainte Femme.**

Debout, vêtue de long, nimbée, tournée vers la gauche, elle tient de la main droite un livre fermé.

Fond d'or.

Bois cintré par le haut. Haut., 45 cent.; larg., 15 cent.

4 — **Sainte Hélène.**

Debout, de face, couronnée et nimbée, la sainte tient, de la main gauche, une croix.

Fond d'or.

Bois cintré. Haut., 45 cent.; larg., 15 cent.

ÉCOLE DE SIENNE

XIIIe SIÈCLE

5 — **Crucifix.**

Il est à branches pattées. A droite et à gauche du divin crucifié, on voit la Vierge et une sainte femme, saint Jean et un apôtre.

Fond d'or.

Bois. Haut., 95 cent.; larg., 72 cent.

6 — **La Crucifixion.**

Fond d'or.

Bois triangulaire. Haut., 17 cent.; larg., 20 cent.

XIVe SIÈCLE

7 — **Saint Paul et un saint moine.**

Le Christ de pitié.

Bois cintré. Haut., 26 cent.; larg., 18 cent.

8 — **Ecce Homo.**

Fond d'or.

Bois. Haut., 26 cent.; larg., 21 cent.

9 — **La Vierge entre deux saints.**

Fond d'or.

Bois. Haut., 20 cent.; larg., 25 cent.

10 — **La Crucifixion** et le **Noli me tangere.**

Fond d'or.

Bois. Haut., 27 cent.; larg., 18 cent.

11 — **Saint Barthélemy et un autre apôtre.**

Fond d'or.

Bois. Haut., 46 cent.; larg., 40 cent.

12 — **Sainte Marie-Madeleine et sainte Agnès.**

Fond d'or.

Bois. Haut., 46 cent.; larg., 40 cent.

XVe SIÈCLE

13 — **La Crucifixion, Saint Pierre et un apôtre, Saint André et une sainte.**

Trois sujets dans le même cadre.

Bois. Haut., 12 cent.; larg., 8 cent.

ÉCOLE FLORENTINE

XIVe SIÈCLE

14 — **Christ en croix.**

Au pied de la croix on aperçoit la Vierge qui s'évanouit, saint Jean l'Évangéliste et la Madeleine qui embrasse le pied de la croix.

Bois. Haut., 57 cent.; larg., 28 cent.

15 — **La Madone entre saint Pierre, une sainte martyre, saint Paul et saint Antoine ermite.**

Bois. Haut., 61 cent.; larg., 28 cent.

16 — **Triptyque.**

Au centre, *la Madone;* sur les volets, *l'Annonciation, la Nativité* et *la Crucifixion.*

Bois. Haut., 58 cent.; larg., 49 cent.

17 — **La Crucifixion, la Pesée des âmes, saint Antoine ermite et un saint moine.**

Bois cintré. Haut., 55 cent.; larg., 34 cent.

18 — **Le Sposalizio.**

Bois. Haut., 23 cent.; larg., 27 cent

19 — **Le Christ en croix entre la Vierge et saint Jean.**

Fond d'or.

Bois. Haut., 31 cent.; larg., 22 cent.

20 — **La Trinité, saint Jérôme, un Donateur et saint Jean-Baptiste.**

Fond d'or.

Bois. Haut., 31 cent.; larg., 22 cent.

21 — **Saint Jérôme.**

Sur fond d'or.

Bois. Haut., 25 cent.; larg., 20 cent.

22 — **Un Saint Évêque prêchant est arrêté par ordre du proconsul.**

Bois. Haut., 25 cent.; larg., 33 cent.

23 — **Un Saint Évêque en prison et martyre du même saint.**

Bois. Haut., 25 cent.; larg., 33 cent.

24 — **Madone entre deux saints.**

Bois. Haut., 42 cent.; larg., 22 cent.

25 — **La Crucifixion.**

Fond doré.

Bois. Haut., 67 cent.; larg., 32 cent.

26 — **Les Prophètes Amos, Élie, Jérémie et Isaïe.**

Bois. Hauteur de chacun des quatre panneaux : 10 cent.; larg., 10 cent.

27 — **La Visitation.**

Bois. Haut., 26 cent.; larg., 40 cent.

28 — **Saint Jacques le Majeur.**

Fond d'or.

Bois cintré. Haut., 50 cent.; larg., 22 cent.

29 — **La Crucifixion.**

Fond d'or.

Bois. Haut., 44 cent.; larg., 25 cent.

30 — **Episode de la légende de saint Nicolas.**

Fond d'or.

Bois. Haut., 35 cent.; larg., 30 cent.

31 — **Légende de la fondation du sanctuaire de Monte-Gargano.**

Fond d'or.

Bois. Haut., 35 cent.; larg., 30 cent.

32 — **Deux Saints de l'ordre des Chartreux.**

Fond d'or.

Bois. Haut., 34 cent ; larg., 44 cent.

33 — **Madone.**

Fond d'or.

Bois. Haut., 41 cent.; larg., 26 cent.

34 — **Croix de procession en bois doré orné de peintures sur ses deux faces.**

Bois. Haut., 61 cent.; larg., 37 cent.

35 — **La Présentation au temple.**

Fond d'or.

Bois. Haut., 32 cent.; larg., 51 cent.

36 — **L'Adoration des Bergers.**

Fond d'or.

Bois. Haut., 32 cent.; larg., 50 cent.

37 — **La Décollation d'un saint.**

Fond d'or.

Bois. Haut., 27 cent ; larg., 38 cent.

38 — **Sainte Catherine d'Alexandrie.**

Fond d'or.

Bois cintré. Haut., 50 cent.; larg., 22 cent.

39 — **Saint Jacques le Majeur.**

Fond d'or.

Bois. Haut., 29 cent.; larg., 22 cent

XVe SIÈCLE

40 — **La Vierge entourée de saints.**

La Vierge, assise sur des nuages, donne le sein à l'Enfant Jésus.

Au-dessous d'elle, deux saints et deux saintes en adoration.

Fond d'or.

Bois cintré. Haut., 60 cent.; larg., 40 cent.

41 — **La Messe; scène de miracle.**

Bois. Haut., 25 cent.; larg., 53 cent.

42 — **Saint Dominique ressuscitant une petite fille noyée.**

Bois. Haut., 25 cent.; larg., 53 cent.

43 — **L'Annonciation.**

Bois. Haut., 19 cent.; larg., 37 cent.

44 — **La Madonna della Cintola.**

Bois. Haut., 22 cent.; larg., 22 cent.

45 — **L'Annonciation.**

Bois. Haut., 24 cent.; larg., 24 cent.

46 — **La Nativité.**

Bois. Haut., 23 cent.; larg., 33 cent.

47 — **Saint Antoine ermite et saint Bernardin de Sienne prêchant.**

Bois. Haut., 27 cent.; larg., 50 cent.

48 — **L'Annonciation.**

Bois. Haut., 13 cent.; larg., 39 cent.

49 — **La Vierge adorant l'Enfant Jésus.**

Fond d'or.

Bois. Haut., 32 cent.; larg., 26 cent.

50 — **L'Annonciation.**

Bois. Haut., 24 cent.; larg., 34 cent.

51 — **La Nativité et l'Annonce aux bergers.**

Bois. Haut., 28 cent.; larg., 17 cent.

52 — **Vision d'une sainte religieuse.**

Le démon lui apparait pendant que le Christ la bénit.

Bois cintré. Haut., 60 cent.; larg., 41 cent.

53 — **La Sainte Famille.**

La Vierge, vêtue de long et tournée vers la gauche, adore l'Enfant Jésus étendu à terre près de saint Joseph.

Au second plan, à droite, saint Jean-Baptiste. Fond de paysage avec personnages.

Bois cintré. Haut., 1 m. 10 cent.; larg., 72 cent.

54 — **Triptyque.**

Au centre, on voit la Madone entre saint Jean-Baptiste et un saint évêque. Sur les volets, l'Annonciation, sept saints et une sainte.

Fond d'or.

Bois. Haut., 70 cent.; larg., 75 cent.

55 — **La Pentecôte.**

Bois. Haut., 24 cent.; larg., 32 cent.

56 — **Sainte Marguerite et sainte Catherine d'Alexandrie.**

Les deux saintes, debout, sont placées sous des arcatures de style gothique.

Fond d'or.

Bois. Haut., 44 cent.; larg., 23 cent.

57 — **Saint Augustin et Saint Grégoire.**

Ces deux Pères de l'Église sont représentés debout sous des arcatures de style gothique.

Fond d'or.

Bois. Haut., 45 cent.; larg., 23 cent.

58 — **La Décollation de saint Jean-Baptiste.**

Bois. Haut., 21 cent.; larg., 45 cent.

59 — **La Nativité.**

Bois. Haut., 18 cent.; larg., 40 cent.

60 — **Le Martyre de saint Laurent.**

Bois. Haut., 26 cent.; larg., 47 cent.

61 — **La Vierge, accompagnée de plusieurs saints, adore l'Enfant Jésus.**

Bois cintré. Haut., 58 cent.; larg., 35 cent.

62 — **La Vierge donnant le sein à l'Enfant Jésus.**

Fond d'or.

Bois cintré. Haut., 57 cent.; larg., 38 cent.

63 — **Saint Jérôme au désert; le Martyre de saint Pierre Dominiquin.**

Bois cintré. Haut., 70 cent.; larg., 41 cent.

64 — **Madone.**

Fond d'or.

Bois cintré. Haut., 45 cent.; larg., 30 cent.

65 — **Saint Benoît.**

Fond d'or.

Bois. Haut., 12 cent.; larg., 10 cent.

66 — **Un Évangéliste.**

Fond d'or.

Bois cintré. Haut., 23 cent.; larg., 16 cent.

67 — **Un Évangéliste.**

Fond d'or.

Bois cintré. Haut., 23 cent.; larg., 16 cent.

68 — **Dieu le Père entouré de séraphins.**

Fond d'or.

Bois. Diam., 38 cent.

69 — **Le Christ de pitié entouré des instruments de la Passion.**

Bois. Haut., 38 cent., larg., 29 cent.

70 — **Scène de martyre.**

Fond d'or.

Bois. Haut., 39 cent.; larg., 46 cent.

71 — **La Crucifixion.**

Fond d'or.

Bois. Haut., 57 cent.; larg., 42 cent.

72 — **Saint Dominique.**

Fond d'or.

Bois. Haut., 63 cent.; larg., 22 cent.

73 — **La Circoncision.**

Bois. Haut . 19 cent.; larg., 65 cent.

74 — **Deux Personnages prisonniers amenés devant un empereur.**

Bois. Haut., 28 cent.; larg., 32 cent.

75 — **La Mort de saint Bernardin de Sienne.**

Bois. Haut., 19 cent.; larg., 41 cent.

76 — **La Crucifixion.**

Bois. Haut., 37 cent.; larg., 27 cent.

77 — **La Vierge adorant l'Enfant Jésus.**

Fond d'or.

Bois cintré. Haut , 52 cent.; larg., 32 cent.

78 — **Cortège papal.**

Le pape rentrant au Vatican, précédé de cardinaux et de prêtres, aperçoit saint Michel planant au-dessus du château Saint-Ange.

Bois. Haut., 40 cent.; larg., 41 cent.

79 — **Madone.**

La Vierge voilée, les mains jointes, adore l'Enfant Jésus assis devant elle sur un coussin.

Bois. Haut., 50 cent.; larg., 35 cent.

80 — **L'Annonciation.**

Fond d'or.

Bois. Haut., 40 cent.; larg., 56 cent.

81 — **Scènes de la vie d'un saint moine de l'ordre des Chartreux.**

Bois. Haut., 41 cent.; larg., 70 cent.

82 — **Saint Jean l'Évangéliste.**

Fond d'or.

Bois. Haut., 63 cent.; larg., 22 cent.

83 — **La Pietà.**

Le Christ, vu à mi-corps, est soutenu à droite et à gauche par la Vierge et saint Jean, et en arrière par la Madeleine.

Bois cintré. Haut., 45 cent.; larg., 1 mètre.

84 — **Saint Michel pesant les âmes et terrassant le dragon.**

Fond d'or.

Bois. Haut., 29 cent.; larg., 27 cent.

85 — **Trois Saints.**

Sous un vestibule d'une riche architecture, derrière les colonnes duquel on aperçoit un paysage montagneux. On voit au centre, saint François d'Assise debout sur le globe du monde, et à droite et à gauche, saint Bernardin de Sienne et saint Dominique.

Bois. Haut., 27 cent.; larg., 21 cent.

86 — **Portrait de Jérôme Savonarole.**

Il est représenté en buste, de profil à gauche, la tête entourée de rayons d'or.

C'est la répétition du portrait peint par Fra Bartolommeo qui se trouve, à Florence, au *Museo di San Marco.*

Bois. Haut., 29 cent.; larg., 23 cent.

87 — **La Madone entre saint Jean et un Dominicain.**

Saint Louis de Toulouse, un saint diacre et une sainte femme.

Fond d'or.

Bois. Haut., 28 cent.; larg., 18 cent.

88 — **Madone.**

La Vierge vue de trois quarts soutient sur ses genoux l'Enfant Jésus; tous deux bénissent le petit saint Jean qui occupe la gauche de la composition.

Fond de montagnes avec un fleuve sillonné de navires à droite et les édifices d'une ville à gauche.

L'inscription suivante, évidemment postérieure à la peinture, se lit, à gauche, dans le ciel :

SVB TV̄M
PRÆSIDIVM
CONFVGIMVS

Bois. Haut., 93 cent.; larg., 82 cent.

XVIe SIÈCLE

89 — **L'Adoration des bergers.**

A droite, à l'entrée d'une étable en ruine, la Vierge contemple l'Enfant Jésus étendu au premier plan et qu'adorent quatre bergers dont l'un joue de la cornemuse; au-dessus d'eux, dans les airs, trois anges.

Fond de paysage dans lequel on distingue, à gauche, un pâtre regardant un ange qui traverse le ciel, et, à droite, deux personnages.

Bois. Diam., 865 millim.

90 — **Portrait de femme.**

Toile marouflée. Haut., 38 cent.; larg., 31 cent.

91 — **Madone.**

Bois. Diam., 38 cent.

92 — **Le Christ guérissant une paralytique.**

Bois. Haut., 19 cent.; larg., 41 cent.

93 — **Saint François d'Assise.**

Cuivre. Haut., 20 cent.; larg., 14 cent.

94 — **Saint Pierre.**

Bois. Haut., 20 cent.; larg., 11 cent.

95 — **Saint Paul.**

Bois. Haut., 20 cent.; larg., 11 cent.

ÉCOLE VÉNITIENNE

XVe SIÈCLE

96 — **La Madone.**

La Vierge est représentée à mi-corps, nimbée et couronnée; elle soutient l'Enfant Jésus, assis devant elle sur un coussin placé sur l'appui d'une fenêtre.

Bois. Haut., 31 cent.; larg., 22 cent.

97 — **La Madone à la grenade.**

Vue de face, à mi-jambes, assise, elle soutient de la main droite sur ses genoux l'Enfant Jésus, elle lui offre, de la main gauche, des fruits.

A gauche, une grenade entr'ouverte.

Fond de paysage montagneux.

Bois. Haut., 60 cent.; larg., 52 cent.

ÉCOLE BOLONAISE

XVe SIÈCLE.

98 — **Le Christ de pitié**.

A mi-jambes, le Christ est debout dans le tombeau. Couronné d'épines, il montre les plaies de son flanc et de ses mains. Derrière lui, quelques-uns des instruments de la Passion.

Bois. Haut., 35 cent.; larg., 22 cent.

99 — **La Mort de Lucrèce**.

Elle est représentée à mi-corps, de face, et se perçant le sein.

Fond de paysage.

Bois. Haut., 60 cent.; larg., 42 cent.

ÉCOLES ITALIENNES DIVERSES

N. DE ACQUASPARTA DIT L'ACQUASPARTE

FIN DU XVIe SIÈCLE

100 — Un Tournoi.

Le tournoi se passe dans la cour du Belvédère, au Vatican. Au fond, un hémicycle où ont pris place des dames; au-dessus se trouvent, dans des tribunes, le pape et le sacré collège. A droite et à gauche, une série de tribunes remplies de spectateurs. Au premier plan, des groupes de chevaliers tournoyant.

Toile. Haut., 1 m. 53 cent.; larg., 2 m. 85 cent.

ALUNNO

(NICOLO)

FOLIGNO, XVe SIÈCLE

101 — Deux Génies soutenant les armes des Borgia.

Ils sont nus, debout, en avant d'un fond d'architecture.

102 — Deux Génies soutenant un écusson d'armoiries.

Ils sont nus, debout près d'une corbeille contenant des cerises.

Ces deux panneaux, de 40 cent. de haut sur 18 cent. de large, proviennent de la prédelle d'un tableau placé autrefois dans une église de Camerino.

BARTOLI

(TADDEO DI)

SIENNE, 1363—1422

103 — Un Evangéliste.

Il est debout, à mi-corps, tenant une plume et un phylactère.

Au-dessus de lui, un archange.

Fond d'or.

Cadre ancien.

Bois. Haut., 1 m. 54 cent.; larg., 1 m. 65 cent.

104 — Saint Étienne.

Représenté à mi-corps, debout, en costume de diacre, il tient un livre et la palme du martyre.

Au-dessus de lui, un archange.

Cadre ancien.

Bois. Haut., 1 m. 54 cent.; larg., 65 cent.

IL BASSANO

(JACOPO DA PONTE dit)

BASSANO, 1510—1592

105 — Portrait d'un vieillard.

Il est représenté à mi-corps, de face, derrière une table, sur laquelle il compte des pièces de monnaie. Vêtu de noir, il porte la barbe longue et sa tête est coiffée d'une toque noire.

Toile. Haut., 1 m. 5 cent.; larg., 84 cent.

BELLINI

GIOVANNI

VENISE, 1426—1516

106 — Portrait d'un seigneur de la famille Bentivoglio.

A mi-corps, de trois quarts tourné vers la droite, les cheveux longs, coiffé d'une large toque noire, il est vêtu d'un justaucorps noir laissant apparaître une chemisette brodée, et d'un manteau noir également brodé de velours. Les manches du justaucorps sont de soie brune rayée. De la main droite il tient le bord de son manteau; de la gauche, à l'annulaire de laquelle se voit une bague à la *Sega* des Bentivoglio, il tient ses gants.

Fond bleu.

Œuvre de tout premier ordre et d'une parfaite conservation.

Bois. Haut., 58 cent.; larg., 44 cent.

CIMA DI CONEGLIANO

GIAMBATTISTA

CONEGLIANO, 1480—1550

107 — Madone.

Vue de trois quarts, à mi-corps, elle soutient des deux mains sur ses genoux l'Enfant Jésus.

Fond de paysage avec fabriques à gauche.

Bois. Haut., 75 cent.; larg., 56 cent.

CARPACCIO

(LAZZARO SEBASTIANO)

ÉCOLE VÉNITIENNE, XVIe SIÈCLE

108 — **Saint Jérôme.**

Le Père de l'Église est représenté au milieu d'un désert. Assis devant un tertre sur lequel sont posés un livre et une tête de mort.

Fond de paysage montagneux avec nombreux personnages et fabriques d'un faire très curieux.

Bois. Haut., 61 cent.; larg., 43 cent.

IL CARAVAGGIO

(MICHELANGELO AMERIGHI, dit)

CARAVAGGIO, 1569—1609, PORTO ERCOLE

109 — **Transteverin.**

Jeune garçon vu de face, à mi-corps. Les bras appuyés sur une table, il tient entre les mains des feuillages. Devant lui, des olives, du pain et un vase contenant des roses.

Toile. Haut., 65 cent.; larg., 51 cent.

CAVALLINI

(PIETRO)

1258—1344

110 — **La Vierge sur son trône est entourée de quatre saints.**

Elle tient l'Enfant Jésus dans ses bras.

A sa gauche, debout, saint Maurice et une sainte martyre.

A sa droite, debout également, saint Jean-Baptiste et une autre martyre.

Fond d'or.

Cadre ancien orné de cinq armoiries.

Bois cintré. Haut., 1 m. 5 cent.; larg., 47 cent.

DUCCIO DI BONI DA SIENA

SIENNE, XIVe SIÈCLE

111 — **La Vierge et l'Enfant Jésus entourés de saints.**

Assise sur un trône, au-dessus duquel des anges soutiennent une riche courtine, la Vierge présente le sein à l'Enfant Jésus.

A droite et à gauche, quatre saints et saintes agenouillés en prière : Sainte Catherine, saint Antoine de Viennois, saint Nicolas et saint Jean-Baptiste.

Bois cintré. Haut., 77 cent : larg., 48 cent.

112 — **La Vierge entourée de plusieurs saints.**

Bois. Haut., 51 cent.; larg., 28 cent.

FRANCIABIGIO

(MARC ANTONIO BIGIO, dit)

FLORENCE, 1483—1524

113 — La Vierge et les anges adorant l'Enfant Jésus.

La Vierge debout occupe le centre de la composition, elle soutient de ses deux mains l'Enfant Jésus couché sur un tertre que recouvre une partie du manteau de la Vierge. Un ange à droite et deux autres à gauche contemplent l'Enfant Dieu et l'adorent.

Fond de paysage et de fabriques.

On distingue à gauche saint Jean-Baptiste.

Bois. Diam., 85 cent.

GADDI

(TADDEO)

FLORENCE, 1300 ?—1366

114 — La Nativité de la Vierge.

Sainte Anne est couchée dans un lit orné de marqueterie, près duquel est dressée une table couverte de mets. Deux servantes s'empressent auprès d'elle tandis que deux autres lavent l'Enfant devant une cheminée placée à gauche.

Bois. Haut., 22 cent.; larg., 57 cent.

N° 117

GIOTTINO

TOMMASO DI LAPO, dit

FLORENCE, 1324—1356

115 — **La Vierge entre saint Jean-Baptiste et sainte Catherine d'Alexandrie.**

Bois. Haut., 44 cent.; larg., 20 cent.

L'ORTOLANO

(GIAMBATTISTA BENVENUTO, dit

FERRARE, XVIe SIÈCLE

116 — **Le Christ descendu de la croix.**

Il est vu à mi-jambes, reposant sur le bois de la croix, près de la couronne d'épines, et soutenu, à gauche, par Joseph d'Arimathie.

Bois cintré. Haut., 50 cent.; larg., 66 cent.

PALMEGGIANO

(MARCO)

FORLI, XVIe SIÈCLE

117 — **La Vierge et l'Enfant Jésus.**

Elle est assise de face, sur un trône d'une riche architecture gothique. Vêtue d'une robe rouge et d'un long manteau bleu brodé d'or, elle soutient l'Enfant Jésus, debout et nu, qui de la main droite tient une pomme.

Fond d'or.

Bois cintré. Haut., 1 m. 35 cent.; larg., 56 cent.

118 — **Saint Jean-Baptiste.**

Debout, vêtu d'une peau de bête et drapé dans un manteau rouge, le saint tient un livre sur lequel est couché l'agneau mystique.

Fond de draperie et de paysage montagneux.

Au revers, en grisaille, l'ange de l'Annonciation, sainte Catherine d'Alexandrie et saint Jacques le Majeur.

Bois cintré. Haut., 1 m. 54 cent.; larg., 41 cent.

119 — **Saint François d'Assise.**

Debout, vêtu du costume des Franciscains, il tient de la main gauche un livre fermé, et de la droite un crucifix.

Fond de draperie et de paysage montagneux.

Au revers, la Vierge de l'Annonciation, saint Thomas apôtre et sainte Catherine de Sienne.

Bois cintré. Haut., 1 m. 54 cent.; larg., 41 cent.

120 — **Le Christ bénissant.**

Vu à mi-corps, il bénit de la main droite, tend la gauche vers un des apôtres. A sa droite se voit saint Jean l'Évangéliste.

Fond d'or.

Bois. Haut., 36 cent.; larg., 67 cent.

N° 124

PANICALE

(MASOLINO DA)

FLORENCE, 1378—1415

121 — **Scène tirée de la légende de saint Nicolas, évêque de Myre.**

Bois. Haut., 23 cent.; larg., 23 cent.

IL PARMIGIANINO

(FRANCESCO MAZZUOLI, dit)

PARME, 1503—1540

122 — **Sainte Famille.**

La Vierge, ayant à sa gauche saint Joseph, soutient l'Enfant Jésus du bras droit et dirige, ainsi que lui, ses regards vers le jeune saint Jean debout près d'elle.

Bois. Haut., 1 m. 22 cent.; larg., 92 cent.

IL PERUGINO

(PIETRO VANUCCI, dit)

CITTA DELLA PIEVA, 1446—1524

123 — **Madone.**

Assise, à mi-jambes, de face, la Vierge soutient l'Enfant Jésus debout sur ses genoux.

Fond de paysage.

Bois. Haut., 48 cent.; larg., 39 cent.

IL PINTURICCHIO

(BERNARDINO BETTI, dit)

PÉROUSE, 1454—1513, SIENNE.

124 — **Saint Barthélemy.**

Le saint, vu à mi-corps, nimbé, lit un livre, et de la main droite porte le couteau, instrument de son martyre.

Vêtement bleu, manteau rouge glacé de rose.

Fond de draperie verte à arabesques d'or.

Peinture d'un beau caractère.

Bois. Haut., 60 cent.; larg., 49 cent.

125 — **Joseph emmené en Égypte**

Dans un même tableau sont réunis plusieurs épisodes de la première partie de l'histoire de Joseph.

Au premier plan, sous un édifice d'une riche architecture de la Renaissance, on voit Jacob accompagné du jeune Benjamin ordonnant à Joseph de rejoindre ses frères.

Plus loin, Joseph, arrivé au désert, est d'abord descendu par ses frères dans une citerne, puis vendu à des marchands qui s'embarquent pour l'Égypte.

Jacob, à la vue de la tunique ensanglantée de Joseph, est dans un profond désespoir.

Bois. Haut., 67 cent.; larg., 1 m. 50 cent.

126 — **Joseph à la cour de Pharaon.**

Dans ce tableau se trouvent réunis quelques épisodes de la seconde partie de l'histoire de Joseph.

Joseph est vendu à Putiphar, puis mis en prison. Il explique ensuite les songes de Pharaon et est porté en triomphe.

Bois. Haut., 67 cent.; larg., 1 m. 50 cent.

Ces deux précieuses peintures, d'un extrême intérêt et d'une coloration puissante, sont de la plus parfaite conservation.

IL SASSOFERRATO

GIOVANNI-BATTISTA SALVI, dit

SASSOFERRATO, 1605 — 1685, ROME

127 — **Madone.**

Elle est représentée en buste, de trois quarts à gauche, les mains jointes. Vêtue d'une robe blanche et d'un manteau bleu, un voile blanc sur les cheveux, une grande expression de douceur est répandue sur son visage.

Toile. Haut., 37 cent.; larg., 41 cent.

SPINELLO SPINELLI ARETINO

AREZZO, XIVe SIÈCLE

128 — **Madone entourée de saints.**

La Vierge sur un trône, au-dessus duquel deux anges soutiennent une riche draperie, porte sur les genoux l'Enfant Jésus qui tient un oiseau.

A droite et à gauche, saint Jean-Baptiste, sainte Marguerite, sainte Catherine d'Alexandrie et saint Antoine ermite avec son compagnon.

A la prédelle, le Christ de pitié entre la Vierge et saint Jean.

Fond d'or.

Cadre ancien.

Bois cintré. Haut., 1 m. 47 cent.; larg., 77 cent.

129 — **L'Annonciation.**

Le maître a traité son sujet en deux panneaux qui se font pendants.

Sur le premier, l'ange Gabriel agenouillé annonce à la Vierge qu'elle sera mère du Sauveur.

Sur le second, la Vierge, assise sur une chaire ornée de marqueterie et recouverte d'un riche tapis, incline la tête en écoutant le messager divin.

Ces deux figures sont exécutées sur fond doré et gaufré.

Bois. Haut., 1 m. 30 cent.; larg., 54 cent.

N° 1[illegible]1

PAOLO UCELLI

(PAOLO DI DONO, dit)

FLORENCE, 1397 ?—1479 ?

130 — **La Madone à l'oiseau.**

La Vierge, vue à mi-corps, debout de trois quarts à droite, un voile sur les yeux, soutient devant elle l'Enfant Jésus qui passe le bras droit autour du cou de sa mère, et de la main gauche tient un oiseau.

Bois. Haut., 15 cent.; larg., 11 cent.

131 — **La Vierge à la grenade.**

Agenouillée devant l'Enfant Jésus, les mains jointes, elle le contemple avec amour.

L'Enfant divin, demi-nu, repose, au premier plan, sur un riche coussin. Au second plan, à gauche, saint Jean-Baptiste; au premier plan, à droite, près d'une grenade ouverte, saint Jean l'Évangéliste tenant une tige de roses.

Peinture sur bois transportée sur toile.

Haut., 86 cent.; larg., 66 cent.

UGGIONE

(MARCO DA)

UGGIONE, XVIe SIÈCLE

132 — **La Madone au vase.**

La Vierge, assise devant une table, soutient de la main gauche l'Enfant Jésus debout, et de la droite feuillette un livre de prières ouvert devant elle.

A gauche, sur la table, un vase de faïence contient des iris et des jasmins.

Par une fenêtre ouverte, on aperçoit un paysage montagneux.

Bois. Haut., 53 cent.; larg., 41 cent.

ÉCOLE ALLEMANDE

PETERS

(WENCESLAS)

XVIIIe SIÈCLE

133 — Une Poule et ses poussins.

Au premier plan, à droite, plusieurs poussins mangent du grain dans une assiette posée à terre. Au second plan, une poule accroupie et entourée de poussins.

Signé à droite : *Wencesls. Peter F. Roma 1789.*

Toile. Haut., 63 cent.; larg., 77 cent.

ÉCOLE ESPAGNOLE

RIBERA

(GIUSEPPE)

NATIVA, 1588—1656, NAPLES

134 — **Saint Stanislas Kosta.**

Vêtu de noir, il est vu de face, soutenant des deux mains l'Enfant Jésus dont le corps s'enlève sur un linge blanc et qui étend ses petits bras vers la figure du saint.

Toile. Haut., 1 m. 4 cent.; larg., 87 cent.

ÉCOLE FLAMANDE

FIN DU XVe SIÈCLE

135 — **La Crucifixion.**

La Descente de croix.

La Pietà.

Le Christ descendant aux limbes.

Quatre panneaux réunis dans un même cadre.

Hauteur de chaque panneau : 21 cent.; larg., 13 cent.

136 — **Le Christ devant Pilate.**

Le Christ devant Caïphe.

Le Christ dans le prétoire.

La Flagellation.

Quatre panneaux réunis dans un même cadre.

Hauteur de chaque panneau : 21 cent.; larg., 13 cent.

137 — **Le Christ entouré d'anges portant les instruments de la Passion.**

Bois. Haut., 30 cent.; larg., 27 cent.

VAN DYCK

(ANTOINE)

ANVERS, 1599—1641, LONDRES

138 — Portrait de la reine Marie de Médicis.

Debout, à mi-jambes, de trois quarts à droite, la reine est représentée à l'âge de cinquante ans environ. Elle porte les cheveux frisés, la coiffure et le costume des veuves; de la main droite elle tient une branche de roses.

A droite, la couronne royale et une draperie.

Toile. Haut., 1 m. 6 cent.; larg., 90 cent.

Smith, tome III, n° 597, page 173. Gravé par P. van Sompel, P. Pontius et P. de Jode.

ÉCOLE FRANÇAISE

LACROIX

XVIIIe SIÈCLE

139 — **Paysage au bord de la mer.**

Dans une baie, dont la partie droite est limitée par un rocher surmonté d'une tour en ruine, on aperçoit plusieurs barques de pêche et, sur le rivage, des pêcheurs et des pêcheuses.

Au fond, à gauche, sur un promontoire, un château fort.

Pastel. Haut., 53 cent.; larg., 64 cent.

140 — **Marine.**

Par un temps d'orage, un vaisseau est poussé par la tempête vers la côte où se tiennent plusieurs pêcheurs. Au fond, à droite, une montagne et un château fort.

Pastel. Haut., 53 cent.; larg., 64 cent.

ÉCOLE HOLLANDAISE

BAKHUYSEN

(LUDOLF)

EMDEN, 1631—1708

141 — Marine.

A gauche, près du rivage, trois barques de pêcheurs.

A l'arrière-plan, à droite, plusieurs vaisseaux de guerre et des bateaux de pêche gagnant la haute mer. Ciel nuageux.

Toile. Haut., 93 cent.; larg., 1 m. 28 cent.

VAN DER VENNE

(ADRIAAN)

DELFT, 1589—1665, LA HAYE

142 — Le Taciturne sur son lit de mort.

L'artiste, chaleureux partisan de la maison d'Orange-Nassau, exécuta ce portrait du Taciturne à la demande du prince Maurice.

Signé en toutes lettres et daté dans le bas, à gauche, 1625.

Cuivre. Haut., 8 cent.; larg., 12 cent.

VAN DER VENNE

(PIETER)

XVIIe SIÈCLE

143 — **Scène d'hiver.**

Des soldats sont en train de charger du butin sur des traineaux.

Signé du monogramme sur un des traineaux.

Bois. Haut., 38 cent.; larg., 49 cent.

WOUWERMAN

(PHILIPPE)

HARLEM, 1619—1668

144 — **Paysage.**

A droite, près d'un arbre, une dame à cheval. Un mendiant lui demande la charité. Au centre, un cheval et un valet de chiens, attachant sa meute. A l'arrière-plan, une porteuse d'eau.

Bois. Haut., 34 cent.; larg., 44 cent.

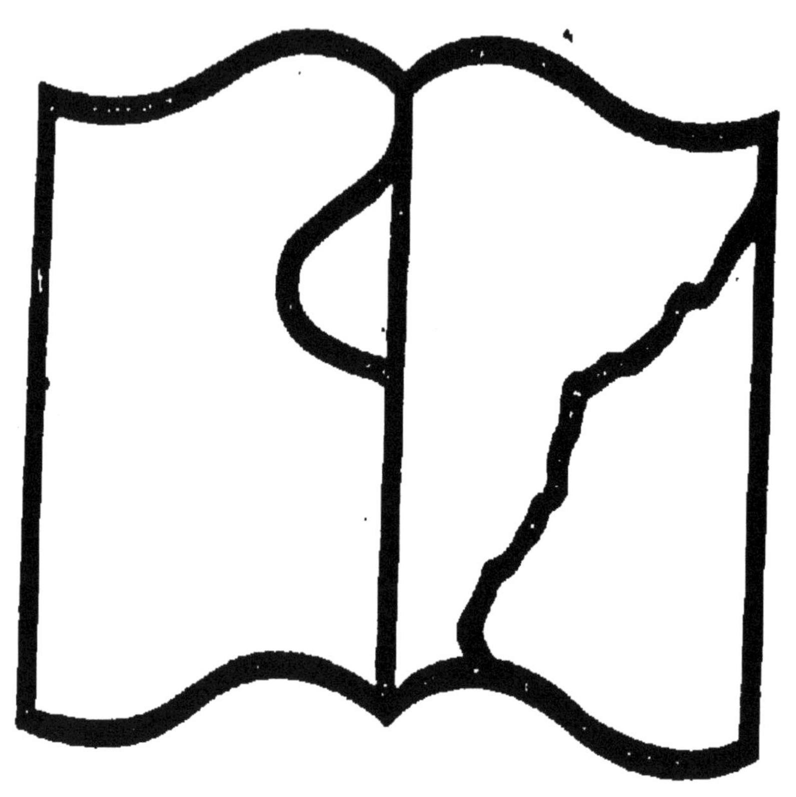

Texte détérioré — reliure défectueuse

NF Z 43-120-11

OBJETS D'ART

SCULPTURES

145 — Terre cuite. Groupe, par Clodion (Claude-Michel, dit), Nancy, 1738 † 1814 Paris. Signé *Clodion* : l'Innocence lutinée et couronnée par les amours ; figurée par une jeune femme drapée à l'antique, l'Innocence tient dans ses bras un amour qui lui pose la couronne sur le front ; trois autres amours volètent à ses pieds, s'efforçant de l'enlacer d'une guirlande de lauriers.

Haut., 48 cent.

146 — Terre cuite. Groupe, par Clodion (Claude-Michel, dit), Nancy, 1738 † 1814 Paris. Signé *Clodion* : Bonheur maternel ; la jeune mère, vêtue d'une draperie flottante, élève de ses deux bras au-dessus de sa tête son enfant nu qui étend ses mains comme pour l'embrasser.

Haut., 47 cent.

147 — Terre cuite. Statuette, par Clodion (Claude-Michel, dit), Nancy, 1738 † 1814 Paris. Signée *Clodion Inᵗ Roma 1764* :

la Douleur, personnifiée par une femme drapée à l'antique, le visage à moitié caché par le voile qui lui couvre la tête, est assise sur un tertre et accoudée à une urne sur laquelle sont simulées des inscriptions.

Haut., 24 cent.

148 — Terre cuite. Groupe, attribué à Coysevox (Antoine). Lyon. 1640 † 1720 Paris : Bacchus; le dieu est représenté nu, debout, tenant sur le bras droit une ample draperie, dont les plis, lui ceignant les reins, viennent lui couvrir les cuisses; il s'appuie sur un tronc d'arbre qui soutient un panisque troublé par les vapeurs de la liqueur divine.

Haut., 40 cent.

149 — Terre cuite. Modèle de chenet attribué à Caffieri (Jean-Jacques). Paris, 1725-1792 : Borée assis sur un motif rocaille, l'épaule gauche couverte d'une peau de bête, la barbe flottant au gré des vents, tient de la main gauche l'outre d'où sortent les tempêtes.

Haut., 30 cent.; larg., 28 cent.

150 — Terre cuite. Groupe, attribué à Monot (Martin-Claude). Paris, 1733-1803 : la Bouquetière ; sous les traits d'une jeune paysanne portant du bras droit une corbeille de fleurs qu'elle tient appuyée contre la hanche, la bouquetière taquine un jeune garçon trop petit pour atteindre la corbeille qu'il convoite et vers laquelle il étend le bras.

Haut., 33 cent.

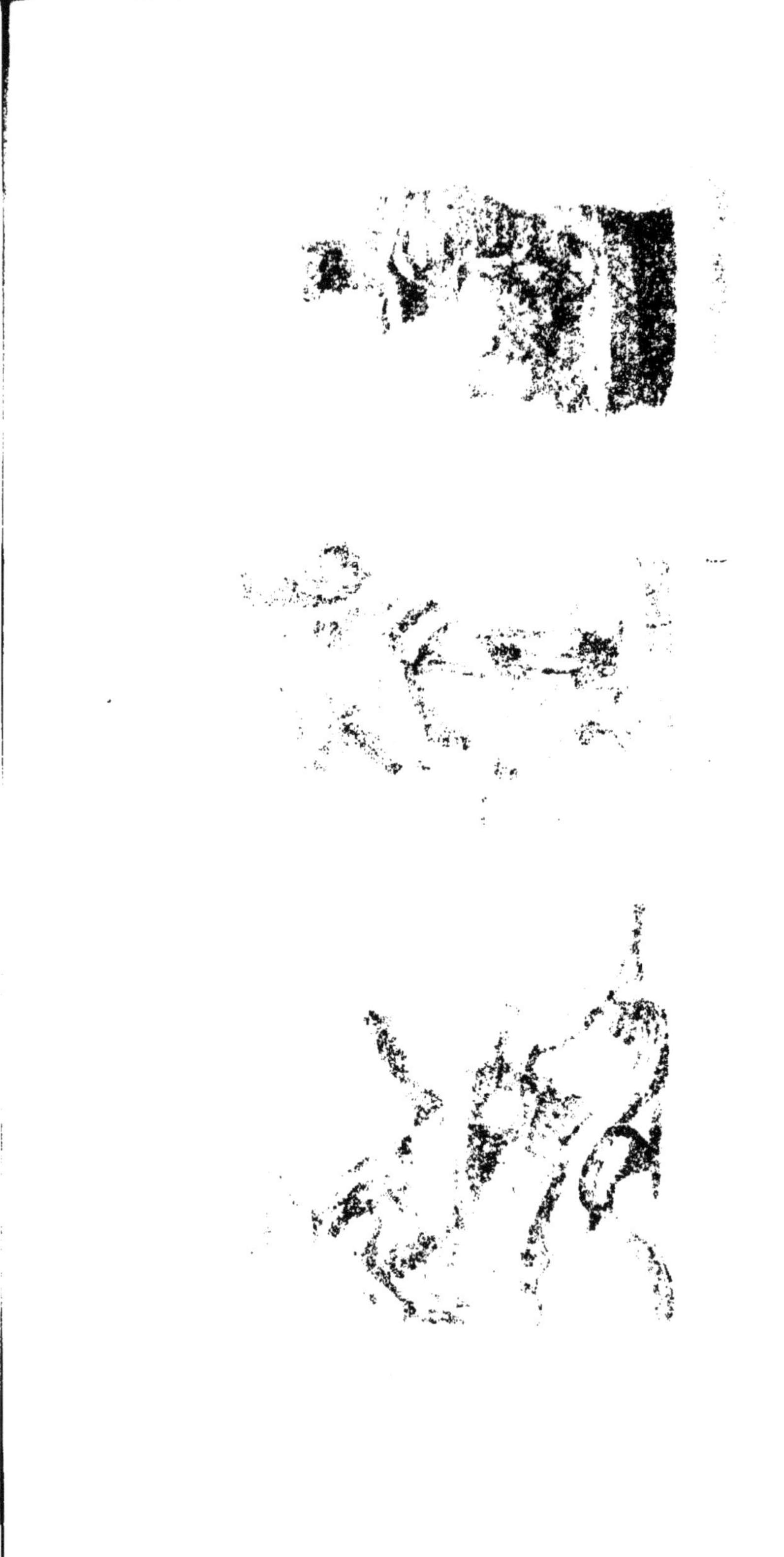

N° [illegible]

N° 207

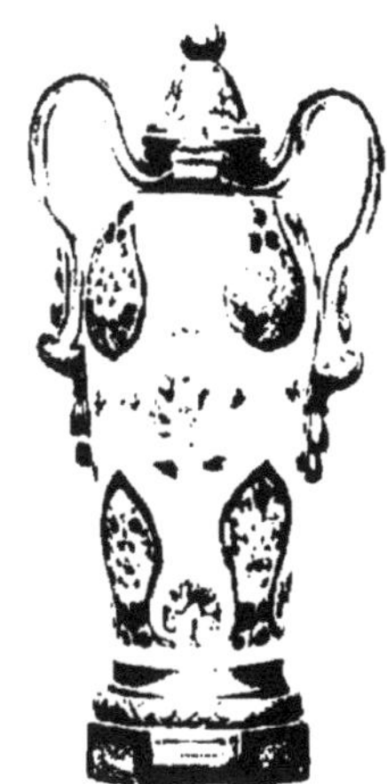

N° 16[illegible]

N° 15[illegible]

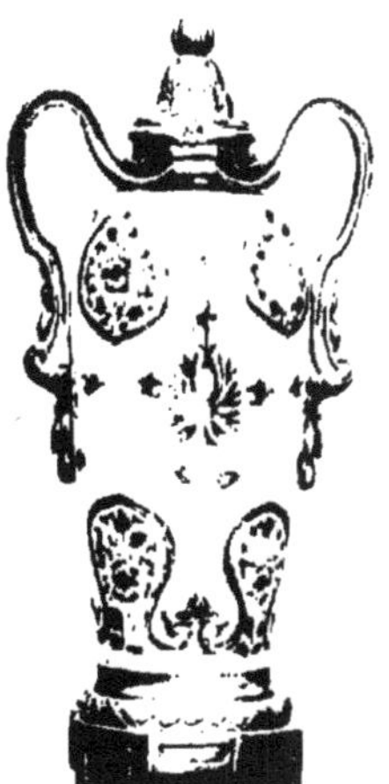

N° 1[illegible]2

151 — Marbre blanc. Médaillon rond, sculpté en bas-relief : la Création de l'homme, composition allégorique ; fond d'architecture. Travail milanais de la seconde moitié du xve siècle.

Diam., 23 cent.

152 — Marbre blanc rehaussé de dorure. Haut-relief : la Vierge assise sur un trône et tenant sur le genou gauche l'Enfant Jésus. Fond bleu. Travail florentin du commencement du xvie siècle.

Haut., 50 cent.; larg., 40 cent.

153 — Pierre de lard. Petit groupe composé de trois personnages chinois portant le sceptre. Confucius et ses disciples, debout sur une terrasse et contemplant des cartes et instruments de géographie épars sur une table en bronze ; ils sont abrités sous des arbustes également en bronze et du xviiie siècle.

Haut., 28 cent.; larg., 25 cent.

154 — Pierre de lard. Figurine de personnage chinois, debout sur une terrasse, auprès d'un petit vase de forme fuselée en ancien céladon turquoise truité de la Chine, d'où s'échappe une branche fleurie en bronze.

Haut., 30 cent.; larg., 15 cent.

PORCELAINES MONTÉES

155 — Deux candélabres à cinq lumières du temps de Louis XV, en bronze doré et ancienne porcelaine de Saxe; ils sont formés, l'un d'un chien carlin assis, l'autre d'une chienne allaitant son petit; ces deux animaux sont placés chacun sur un coussin soutenu par des motifs rocaille à enroulements et feuillages; le bouquet de lumières sous lequel s'abrite chaque chien est composé de branches enroulées plusieurs fois sur elles-mêmes et disposées symétriquement. Poinçon au C couronné : Caffieri (?)

Haut., 65 cent.; larg., 55 cent.

156 — Deux candélabres à trois lumières, en bronze doré du XVIIIe siècle et ancienne porcelaine de Saxe; chacun d'eux est formé d'un perroquet perché sur un tronc d'arbre au milieu du bouquet de lumières dont les branches contournées sont enguirlandées de fruits en bois peint.

Haut., 45 cent.; larg., 30 cent.

157 — Deux candélabres à trois lumières, en bronze doré du XVIIIe siècle et ancienne porcelaine de Saxe; ils sont formés chacun d'un groupe de deux personnages : Scène galante et Marchand de volailles, décorés au naturel avec rehauts de dorure et abrités sous les branches porte-lumières qui simulent un arbuste fleuri.

Haut., 43 cent.; larg., 20 cent.

158 — Deux statuettes en ancienne porcelaine de Saxe : la Joueuse de mandoline et le Joueur de flûte, assis chacun sur une terrasse au pied d'un arbre enguirlandé de pampres, ayant l'un un chien auprès de lui, l'autre une corbeille de fruits. Socles rocaille en bronze.

Haut., 27 cent.

159 — Deux candélabres à deux lumières, en bronze doré du XVIIIe siècle et ancienne porcelaine de Saxe ; ils se composent chacun d'une figurine de personnage de la Comédie italienne, debout au milieu de rameaux fleuris d'où naissent les branches porte-lumières.

Haut., 30 cent. ; larg., 20 cent.

160 — Deux candélabres à deux lumières, en bronze doré du XVIIIe siècle et ancienne porcelaine de Saxe ; ils sont formés chacun d'une statuette, décorée au naturel, de personnage de la Comédie italienne, debout au milieu d'un buisson fleuri, d'où naissent les branches porte-lumières ; la base est composée d'enroulements rocaille.

Haut., 30 cent. ; larg., 22 cent.

161 — Deux candélabres à deux lumières, en bronze doré du XVIIIe siècle et ancienne porcelaine blanche italienne ; ils se composent chacun d'une statuette d'enfant assis, figurant l'Été et l'Hiver, et placée au milieu de branches

porte-lumières qui simulent un buisson chargé de fleurs et de fruits. Quelques-uns des fruits sont en cire de couleurs.

Haut., 35 cent.; larg., 25 cent.

162 — Deux petites potiches cylindriques légèrement renflées, en ancienne porcelaine de Chine, famille verte, à décor de palmettes et de lambrequins fleuris à l'épaulement et à la partie inférieure. Monture du temps de Louis XVI, en bronze doré, composée d'une base à tore de lauriers et de deux anses contournées, dont les prolongements enserrent un amortissement simulant des feuilles et une fleur en bouton.

Haut., 30 cent.; larg., 16 cent.

TAPISSERIES

163 — Tapisserie rectangulaire en hauteur : Allégorie de l'Amérique, d'après Desportes. Au premier plan, deux Indiens à mi-corps dans l'eau tirent un filet, tout en regardant un autre Indien qui va lancer une flèche, sous les yeux d'une femme assise, une corbeille de fleurs à la main. Ces personnages sont placés au pied d'un arbre des tropiques chargé de fruits, et sur lequel sont posés des oiseaux de paradis. Large bordure de feuillages, avec coquilles aux angles, armes de France et chiffre de Louis XIV sur les petits côtés. Manufacture des Gobelins. Époque Louis XIV.

Haut., 3 m. 90 cent.; larg., 2 m. 65 cent.

164 — Grande tapisserie rectangulaire en largeur, tissée d'or : la Mort des premiers-nés des Égyptiens, sujet tiré de l'Exode. Au premier plan, à droite, des Israélites célèbrent la Pâque, debout autour d'une table, sur laquelle est immolé l'agneau pascal. A gauche, Moïse, Aron et deux autres personnages discourent au milieu des cadavres des aînés des Égyptiens. Au fond, un cours d'eau et une ville. Large bordure de figures allégoriques, portiques, chimères, fruits et fleurs, avec le verset de la Bible à la partie supérieure. Travail de *François Geubels*, dont la marque se voit sur la bordure, à droite. Bruxelles, XVIe siècle.

Haut., 3 m. 50 cent., larg., 4 m. 60 cent.

165 — Grande tapisserie rectangulaire en largeur : Scène de chasse. Les chasseurs et chasseresses, le faucon au poing, sont arrêtés dans la campagne. A gauche, un valet, gardant les chiens et le gibier, se repose au pied de l'escalier d'une auberge. A droite, des paysans sont attablés. Au fond, un cours d'eau traversé par deux ponts, et une autre auberge. Bordure feuillagée. Travail de *Daniel Leyniers*, dont on lit la signature : LEYNIERS. D. L., à la partie inférieure. Bruxelles, XVIIIe siècle. Un des côtés de la bordure est en toile peinte.

Haut., 2 m. 85 cent., larg., 3 m. 5 cent.

166 — Autre grande tapisserie rectangulaire en largeur, d'après Teniers : Danses et banquet champêtres. La partie centrale est occupée par un joueur de vielle qui, debout sur un tonneau, fait danser des couples de

campagnards. A gauche, est servi un copieux repas, auquel font honneur de nombreux convives. A droite, d'autres fument tranquillement leur pipe. La scène se passe dans une cour de ferme dont les bâtiments occupent le fond de la tapisserie. A l'arrière-plan, on aperçoit des tireurs d'arc et un village. Bordure feuillagée. Travail flamand du XVIIIe siècle. Un des côtés de la bordure est en toile peinte.

Haut., 2 m. 82 cent.; larg., 5 m. 20 cent.

167 — Autre tapisserie carrée d'après Teniers : Scènes de pêche. Au premier plan, trois pêcheurs, les jambes dans l'eau, sont occupés à ramener leur filet vers le rivage; plus loin, quatre autres, dans une barque, se livrent au même travail; sur la berge, des marchandes de poissons les attendent auprès de mannes pleines. Au fond, de grandes barques et des habitations. Bordure feuillagée. Travail flamand du XVIIIe siècle.

Hauteur et largeur, 2 m. 87 cent.

168 — Autre tapisserie rectangulaire en hauteur, d'après Teniers : Scènes champêtres : au premier plan, une femme assise sur un bloc de pierre allaite son enfant; à gauche, un groupe de paysans; au deuxième plan, un personnage appuyé contre un âne; le fond est occupé par un torrent traversé par un pont et par une habitation située sur une côte. Bordure feuillagée. Travail flamand du XVIIIe siècle.

Haut., 2 m. 85 cent.; larg., 2 m. 7 cent.

N° 171

169 — Grande tapisserie rectangulaire en hauteur, tissée d'or : David et Saül : assis sur un trone entre deux satellites, Saül vêtu d'un riche costume, écoute le jeune David qui joue de la harpe, entouré de trois gardes; la scene se passe dans une salle de palais. Large bordure de moulures architecturales composées de cordons d'oves, de cannelures et de consoles séparés par des rangées de perles et de pirouettes. XVIIe siècle. Flandres.

Haut., 4 m. 40 cent.; larg., 3 m. 50 cent.

PORCELAINES

170 — Deux grandes potiches ovoïdes, couvertes, en ancienne porcelaine de Chine, famille rose : elles sont ornées de scenes de chasse, compositions de nombreux personnages; lambrequin fleuri sur l'épaulement et scenes de chasse également sur les couvercles.

Hauteur, avec couvercle, 80 cent.; diam., 45 cent.

171 — Deux grandes potiches ovoïdes, couvertes, en ancienne porcelaine de Chine, famille rose : la décoration consiste en nombreux enfants se promenant à cheval sous les yeux de personnages debout sur un balcon; sur l'épaulement, lambrequin fleuri, et sur les couvercles, jeux d'enfants.

Hauteur, avec couvercle, 80 cent.; diam., 45 cent.

172 — Deux jardinières de forme arrondie en ancienne

porcelaine de Chine, à décor bleu de médaillons cordiformes et d'entrelacs. Bordure de bronze.

Haut., 15 cent.; diam., 25 cent.

173 — Groupe en ancien biscuit tendre : Scene galante : etendue sur le sol, son chien auprès d'elle, la jeune bergère, des grappes de raisins sur son tablier, goûte, à même la grappe, des raisins que lui offre un adolescent assis derriere elle et contre les genoux de qui elle est adossée.

Haut., 22 cent.; larg., 22 cent.

174 — Service en ancienne porcelaine de Saxe, composé de six tasses, de forme arrondie, à anse et bordure gaufrée et festonnée, et de leurs soucoupes à bordure analogue; le décor polychrome, rehaussé de dorure, consiste, pour chaque tasse et chaque soucoupe, en un médaillon contenant une scène de bataille et encadré de motifs rocaille; à l'intérieur et à l'extérieur, jetés de fleurettes. Ecrin du temps, en maroquin rouge doré.

175 — Flambeau en ancienne porcelaine de Saxe, à tige rocaille qu'etreignent deux amours nus; décor polychrome, avec rehauts de dorure.

OBJETS VARIES

176 — Triptyque brodé au passé, en metal et soies de couleurs avec chairs peintes, vêtements brodés à l'or mé

et soies embouties : le panneau de milieu représente l'Adoration des Mages; les volets, l'un la Nativité; l'autre, la Présentation au temple; ces compositions comprennent de nombreux personnages richement vêtus et se détachant sur un fond de portiques d'une élégante architecture. Remarquable travail flamand du commencement du XVIe siècle.

Haut., 1 m. 20 cent.; largeur, développé, 2 m. 14 cent.

177 — Dix écussons armoriés de dimensions différentes, en broderies de soies de couleurs et lamées de métal : blasons de pape, cardinaux, archevêques, ducs et marquis.

178 — Quatre panneaux de soie blanche décorés de larges rinceaux feuillagés et fleuris en applications de soies de couleurs et peintes, avec cordonnet métallique formant le trait du dessin, XVIIe siècle.

Haut. et long., 1 m. 10 cent.

179 — Douze pièces en velours rouge, avec applications de satin de couleurs et cordonnet métallique : huit petits bandeaux en deux dimensions et quatre encadrements : décor d'écussons et de rinceaux. Travail italien, XVIe siècle.

180 — Cinq larges bandes d'ancien velours façonné, à rinceaux rouges et verts sur fond orangé.

181 — Douze pièces en satin rouge, avec applications de satin de couleurs et cordonnet blanc : huit petits bandeaux en deux dimensions et quatre encadrements : décor d'écussons et de rinceaux. Travail italien. XVIe siècle.

182 — Quatre pièces : pluvial de chape et trois fragments en lampas jaune et rouge : l'un des fragments représente le Couronnement de la Vierge; les autres, la Vierge dans une gloire et adorée par les anges. XVIe siècle.

183 — Pluvial de chape en brocart, à fleurs en or et couleurs sur fond blanc damassé. XVIIe siècle.

184 — Deux pièces : longue bande et pluvial de chape en brocart, à fleurs en or et argent, rehaussé de vert sur fond blanc armuré. XVIIe siècle.

185 — Carré de broderie de soies de couleurs au passé, avec parties peintes, sur fond de satin blanc : sujet religieux encadré de fleurs. XVIIe siècle.

Haut., 35 cent.; larg., 48 cent.

186 — Deux pièces : étole et manipule en brocart, à ramages jaune et or sur fond rose. XVIIe siècle.

187 — Corporal en brocart à ramages or, argent et couleurs sur fond rose damassé. XVIIe siècle.

188 — Trois pièces : étole et deux manipules en velours façonné, à ramages rougeâtres sur fond blanc, XVIIe siècle.

189 — Deux pièces : corporal et manipule en velours violet, façonné à fleurettes avec galons, XVIIe siècle.

190 — Cinq échantillons d'ancien velours façonné, à ramages rouges sur fond blanc lamé de métal.

191 — Échantillon d'ancien velours façonné, à ramages verts sur fond orangé.

192 — Cinq échantillons d'ancien velours vert façonné, à ramages ton sur ton

193 — Quatre échantillons d'ancien brocart, à larges fleurs multicolores sur fond marron.

194 — Cinq fragments de lampas de soie rouge et blanc, à fleurs et quadrillés, avec franges.

195 — Cinq échantillons d'ancienne soie brochée : compartiments lobés contenant des fleurs.

196 — Lé de soie brochée Louis XIV, à grosses fleurs.

Haut., 47 cent.; larg., 1 mètre.

197 — Frange en soie rouge.

198 — Bandeau de satin de Chine vert, brodé en soies de couleurs : fleurs, insectes, pendentifs et caractères d'écriture.

Haut., 33 cent.; long., 1 m. 5 cent.

199 — Deux bras-appliques à trois lumières, en bronze : les douilles sont supportées par trois branches contournées à fleurs et feuillages, dont les amorces s'enchevêtrent sur la plaque d'applique. Époque Louis XV.

Haut., 55 cent.; larg., 40 cent.

200 — Pendule du temps de Louis XVI, de *Manière à Paris*, en bronze, marbre blanc et porphyre rouge oriental; le mouvement, de forme octogonale, surmonté des attributs de l'Amour, est accosté d'une statuette de femme assise et d'un amour tenant une couronne et porté par une nuée.

Haut., 30 cent.; larg., 38 cent.

201 — Mufle de lion en bronze. Travail italien du XVIe siècle. Ce bronze a servi de fontaine à la villa Reale di Cattajo, propriété du feu duc de Modène.

Haut., 38 cent.; larg., 32 cent.

202 — Console de forme contournée, du temps de Louis XV, en bois sculpté et doré, à motifs rocaille : elle repose sur quatre pieds enguirlandés et reliés par une traverse

sur laquelle est couché un cygne portant un amour. Tablette en marbre brèche violette de Sicile.

Haut., 95 cent.; larg., 1 m. 60 cent.

203 — Deux petites consoles du temps de Louis XV, en bois sculpté et doré, à motifs rocaille et guirlandes de fleurs. Tablettes en marbre jaune veiné noir.

Haut., 50 cent.; larg., 48 cent.

204 — Coffret rectangulaire à abattant et couvercle en bois de violette, avec serrure à moraillon, écoinçons, charnières et pentures en cuivre, découpés en manière de feuillages et fleurons, XVIIe siècle. Clef du temps en acier, à poignée formée d'enroulements.

Haut., 31 cent.; larg., 31 cent.; long., 54 cent.

205 — Montre du XVIIIe siècle, de *Romilly à Paris* : boîtier d'or de couleur ciselé, à fleurettes et trophées d'instruments de musique ; la cuvette présente au centre un médaillon circulaire émaillé en plein et offrant une scène pastorale.

206 — Aiguière en ancien verre de Lisbonne incolore rehaussé de filets blancs disposés en spirale ; elle est surmontée d'une anse ornée d'un oiseau et de motifs en verre bleu.

Haut., 27 cent.; larg., 12 cent.

207 — Deux statuettes de Hoteï se faisant pendants, en ancienne poterie du Japon truitée et décorée au naturel, avec chairs réservées en biscuit : le front haut, les lobes des oreilles très développés, le dieu du contentement se tient auprès d'un pitong de forme contournée, dans l'attitude de la danse, un écran dans la main droite. Socles en bronze.

Haut., 33 cent.; larg., 20 cent

208 — Lustre à trente-deux lumières, en bois sculpté et doré en partie, composé de quatre branches à figures ailées, supportant chacune une girandole à sept lumières en bronze ton bois et or, et de quatre autres branches volutes à deux lumières attenantes à un cul-de-lampe à feuillages et mascarons. La tige, à balustre, est couronnée d'une figure de Renommée.

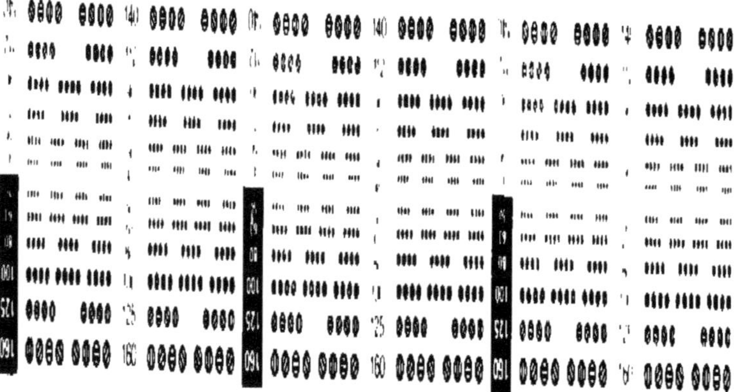

MIRE ISO N° 1
NF Z 43
AFNOR
Cedex 7 92080 PARIS LA DEFENSE

graphicom

www.ingramcontent.com/pod-product-compliance
Ingram Content Group UK Ltd.
Pitfield, Milton Keynes, MK11 3LW, UK
UKHW020926180726
13838UKWH00002B/784

9 782329 305196